LES ADIEUX DE MARS.

LES
ADIEUX
DE
MARS

REPRESENTEZ POUR LA premiere fois ſur le Théatre des Comédiens Italiens ordinaires du Roy, le 30 Juin 1735.

Le prix eſt de vingt-quatre ſols.

A PARIS,
Chez CHAUBERT, Quay des Auguſtins, à la Renommée, & à la Prudence.

M.DCC XXXV.

Approbation & Privilége du Roy.

ACTEURS.

VENUS.

ZEPHIRE.

APOLLON.

VULCAIN.

MARS.

EUPHROSINE.

AGLAÉ.

THALIE.

L'AMOUR.

Guerriers, Cyclopes, Habitans & Habitantes de Paphos, dansans & chantans.

La Scene est à Paphos.

LES ADIEUX DE MARS.

SCENE PREMIERE.

VENUS, ZEPHIRE.

ZEPHIRE,

EESSE, mes travaux auront-ils sçû vous plaire ?
Ai-je assez embelli ce séjour solitaire ?

VENUS.

Vôtre zéle pour moi ne peut mieux éclater,
Zéphire, je vous dois tous les bienfaits de Flore,
Les ornemens qu'ici je vois éclore
Sont vôtre ouvrage, & doivent me flatter.
Les vents sont renfermez dans leur caverne obscure,
Vôtre soufle charmant ranime la Nature,
Vous temperez les feux du jour,
Les tendres Rossignols chantent vôtre retour,

L'ombrage est plus épais, l'onde devient plus pure,
Les beautez du printems composent vôtre Cour,
Aux amans fortunez vous offrez tour à tour
Sous des berceaux riants les fruits & la verdure,
Les bois & les jardins vous doivent leur parure,
Vous embellissez Flore, & vous servez l'Amour.

ZEPHIRE.

A ce portrait flatteur dois-je me reconnoître ?
Venus, en me loüant vous me trompez peut-être.
Quoiqu'il en soit, j'ai rempli vos projets:
Vous aurez toujours dans Zéphire
Le plus zélé de vos Sujets,
C'est pour aimer que je respire.
Adieu, Flore m'attend, je lui dois mon amour,
Et je vous sers, Déesse, en lui faisant ma cour.

Il sort.

SCENE II.

VENUS *seule.*

BEaux lieux, aimable solitude,
Calmez la triste horreur de mon inquietude,
Mars me quitte aujourd'hui, la guerre & les combats,
Vont l'entraîner loin de mes pas,
Pourrai-je suporter son absence cruelle ?
Mais où suis-je ! quel trouble agite mes esprits !
Je suis femme, Déesse, & mon cœur est fidele !

Il en eſt lui-même ſurpris.
Quoi! Pour toujours mon ame eſt aſſervie!
Plus d'infidelité, plus de coquetterie?
Pas même une diſtraction?
Je vais donc me piquer de belle paſſion!
Auroit-on crû jamais ce changement poſſible?
Mais pourquoi m'étonner d'un ſi tendre penchant?
Lorſqu'une fois il eſt ſenſible
Le cœur le plus léger devient le plus conſtant.
Rêveuſe, inquiéte, agitée.....

Apollon paroît.

Fort bien. C'eſt Apollon, je m'en étois doutée.
Ce Rimeur importun veut toujours me parler;
Mais c'eſt en vain qu'il adore mes charmes:
Le Dieu des Vers croit-il me conſoler
De l'abſence du Dieu des Armes!

SCENE III.

VENUS, APOLLON.

APOLLON.

SOuveraine des cœurs, j'aprends que dans ces lieux
Vous choiſiſſez vôtre retraite:
Que mon ame en eſt ſatisfaite!
Je pourrai ſans contrainte offrir à vos beaux yeux
Les hommages conſtans d'une flamme parfaite.
Bientôt les arts voleront ſur mes pas,

Pour vous offrir une fête galante.

VENUS.

De grace, Dieu des Arts, ne les conduisez pas.
Je vous l'ai dit cent fois, je ne suis point sçavante,
Peut-être ils m'ennuyeroient.

APOLLON.

Vous vous moquez de nous,
C'est un effet de votre modestie,
Quand on est belle comme vous,
La science, l'esprit......

VENUS.

Je quitte la partie.
Vos louanges me font rougir,
Et je ne puis les soutenir.
D'ailleurs un nouveau soin exige ma présence,
Pardonnez si je sors avec impatience,
Surtout ne suivez point, car vous m'obligeriez.....

APOLLON.

Moi, vous suivre ! il suffit que vous le défendiez,
Je sçais trop le respect que l'on vous doit, Déesse.

VENUS, *en s'en allant.*

Ah ! respectez toujours.

SCENE IV.

APOLLON.

Quel prix de ma tendresse!
On me traite partout en vrai colifichet,
Cependant à chacun je vois ici son fait:
Hébé pour Jupiter, ensuite pour Hercule,
C'est le pere & le fils, mais on est sans scrupule;
Diane pour Endimion,
L'Aurore pour Cephale, ensuite pour Tithon,
Bacchus qui séduit Erigone,
Neptune adoré d'Amymone,
Et jusqu'à Mercure aujourd'hui
Qui travaille pour tous, & réussit pour lui:
Venus, Mars, Adonis; ainsi de tout le reste.
Dieu terrestre, ou Sylvain, Dieu Marin, Dieu celeste,
Chacune les choisit pour soi,
Tout est égal, pourvû que ce ne soit pas moi.
Jusqu'aux beautez les plus communes
Je ne trouve partout qu'un refus obstiné,
Et je ne compte encor dans mes bonnes fortunes
Que Coronis & que Daphné.
C'en est trop, ma bile est émuë,
De tant d'objets ingrats je sçaurai me venger,
Nos Dieux blondins leur donnent dans la vûë,
Je veux faire des Vers pour les en corriger.

Mais j'apperçois quelqu'un. L'avanture est plaisante.
C'est Vulcain.

SCENE V.

VULCAIN, APOLLON.

VULCAIN.

SErviteur. Que faites-vous ici ?

APOLLON.

Oh pour le coup la demande est charmante.
Et vous qu'y faites-vous aussi ?

VULCAIN.

Monsieur le Dieu des Vers, laissez en paix ma femme,
Franchement je commence à m'impatienter.......
Vous riez.

APOLLON.

En effet, il est tems d'éclater.

VULCAIN.

Point de plaisanterie, encor moins d'épigramme,
Je vous en avertis, car j'ai laissé là-bas
Deux Cyclopes nerveux, & dont les rudes bras......

APOLLON.

C'est vous qui plaisantez.

VULCAIN.

Je n'en ai nulle envie.

C'a, délogez bientôt.

APOLLON.

Eh pourquoi donc ?

VULCAIN.

Pourquoi ?

C'est qu'on veut être ici sans vous.

APOLLON.

Qui ?

VULCAIN.

Moi.

APOLLON.

Vous ?

VULC'IN.

Moi.

APOLLON.

Eh bien j'en ai l'ame ravie !

VULCAIN.

Je rentre en mon ménage & nous vivrons tous deux
Venus & moi ; surtout point de visite.
Ce n'est pas qu'en amour vous soyez dangereux,
Mais vous êtes un Parasite
Froid, ennuyeux, incommode partout,
Qui mangez sans rien dire, & qui redites tout.

APOLLON.

Vulcain ne me craint pas, ou sans doute veut rire.

VULCAIN.

Vous pouvez à vôtre aise, ou louer, ou médire,
L'un est peu dangereux, l'autre n'est pas flatteur,
Et vous êtes mauvais Auteur
En louange comme en satyre.
Ce n'est pas entre nous que je sois connoisseur;
Mais contre vos écrits tout le monde murmure,
Vôtre nom est presque une injure,
Et vous le méritez. Car enfin dites-moi,
Qu'est-ce qu'un tas de Vers & de Prose indécente
Avortons criminels d'une plume mordante,
Dont l'Auteur s'applaudit en palissant d'effroi,
Où la vertu, l'honneur, le rang & la naissance
Ne sont point à couvert du trait le plus sanglant,
Enfans de la fureur plutôt que du talent,
Qu'on devroit étouffer le jour de leur naissance?
Protecteur ou témoin du trop indigne abus
Qui se répand sur le Parnasse,
Souffrirez-vous ainsi, l'imprudence & l'audace
De vos éleves prétendus?
N'arrêterez-vous point ces funestes libelles
Qui d'un travail obscur, sombre & coupable fruit
Laisseroient après eux des traces éternelles
Sans la vérité qui détruit
Leurs impostures criminelles;

Ces

Ces traits que la malice en ſecret applaudit,
Mais que la probité, que la raiſon abhorrent
Qui ſont craindre vôtre art, ou qui le deshonorent,
Et font rougir le cœur des ſuccès de l'eſprit?

APOLLON.

Je ne reconnois point à cette affreuſe image
Les dignes enfans d'Apollon:
Tel ſouvent de ſes vers me préſente l'hommage
Qui ne me connoît que de nom.
Ceux que j'aime, jaloux du ſoin de leur mémoire
Dans la honte d'autrui ne cherchent point leur gloire.
L'Univers à leurs yeux eſt un vaſte tableau
Où chacun d'eux choiſit l'objet de ſon pinçeau,
L'un ſe plaît à tranſmettre aux Nations futures
D'un Conquérant fameux les nobles avantures,
Et par des traits brillans d'art & d'invention,
Sçait allier l'hiſtoire avec la fiction.
L'autre unit la morale à la plaiſanterie,
Il prête à la raiſon le maſque de Thalie:
Par le mêlange heureux de diverſes couleurs
Il nous peint des mortels les travers, les caprices,
Et ſans bleſſer perſonne il corrige les mœurs
Par le contraſte ſeul des vertus & des vices.
Celui-ci du Cothurne aime le noble orgüeil,
De la ſcene tragique il affronte l'écüeil:
Il chante des Heros les exploits & les flammes.
Son art ſçait réunir, force, interêt, grandeur,
Et tout ce que l'amour, la pitié, la terreur,

Ont de ressorts secrets pour ébranler nos ames.
Tels sont les favoris que j'éleve avec soin,
De leurs travaux je suis toujours témoin,
J'anime leurs efforts, j'approuve leurs ouvrages:
Le public éclairé confirme mes suffrages,
Et leurs écrits vainqueurs de l'injure des tems,
Portent jusques aux derniers âges
La gloire de leur nom, & l'honneur des talens.

VULCAIN.

Ma foi je n'entens rien à ce ton emphatique,
Et vous perdez le fruit de votre Poëtique.
Si l'on troquoit l'esprit contre un peu de bon sens.....
On entend un bruit de guerre.

APOLLON, *d'un air malin.*

Entendez-vous certain bruit de trompettes
Qui vient troubler ces paisibles retraites?

VULCAIN *déconcerté.*

J'entens, & vous pourriez.... entendre.... que bientôt....
Enfin, vous m'entendez. Vous partirez tantôt.

APOLLON.

J'entens que Mars arrive. Eh bien que vous en semble?
Apollon & Vulcain pourroient partir ensemble.

SCENE VI.

MARS, APOLLON, VULCAIN, *Suite.*

MARS *à sa suite.*

JE suivrai bientôt vos guerriers ;
Pour voler après moi je retiens la victoire :
Qu'on attele à mon char mes plus fougueux coursiers ;
Et vous, faites partir la terreur & la gloire.

La suite se retire.

Fort à propos je vous rencontre ici,
Vous Apollon, & vous Vulcain aussi.
Votre lenteur commence à me paroître étrange,
Vous, mes armes, & vous, ces vers à ma louange ?
Suis-je obéi ?

APOLLON, *d'un ton Emphatique.*

Dieu des combats.....

MARS.

Adoucissez vos tons, & ne déclamez pas.

APOLLON.

Tandis qu'à votre char, Bellone & la Victoire
De vos fameux travaux éternisent la gloire,
Que l'Univers entier tremblant à vos genoux
Attend avec silence où tomberont vos coups,

Que cent peuples divers, témoins de vos conquêtes
Au joug qui les menace offrent déja leurs têtes,
Pardonnez aux accens de ma timide voix
D'oser à l'avenir transmettre vos exploits......

MARS *bâillant.*

Est-ce tout ?

APOLLON.

Il me reste encor cent vers à faire.

MARS.

Allez les achever.

Apollon sort.

****

SCENE VII.

MARS, VULCAIN.

MARS.

Songez que je le veux
Et que l'on doit voler au devant de mes vœux.
L'oubli de vos devoirs excite ma colere.

VULCAIN.

Je n'attens que vôtre ordre, & j'ai hâté mes pas,
Les forges de Lemnos ne me suffisoient pas :
Dans les gouffres d'Ethna sur les aîles d'Eole,
J'ai transporté l'enclume & les marteaux,
Leurs coups vont retentir de l'un à l'autre Pole,

Sterope & Piracmon allument les fourneaux ;
Déja la Sicile tremblante
Voit monter jusqu'au ciel la flâme étincelante,
L'airain commence à bouillonner
Et des vents renfermez l'haleine impatiente
N'attend plus que la main qui doit les déchaîner.

MARS.

Ecoutez donc le dessein de l'ouvrage,
Je ne vous parle ici de l'or ni de l'airain,
J'entens que l'on mette en usage
Ce qu'auront les métaux & de rare & de fin ;
L'entreprise n'est pas facile,
Il faut peindre aujourd'hui des faits plus éclatans
Que les travaux d'Enée & les exploits d'Achille :
Le bouclier surtout veut des soins importans ;
Le peuple qui me suit mérite votre zele ;
Vous tracerez d'une main immortelle
La Victoire qui vole, & des lauriers épars,
Sur des champs tout couverts d'armes & d'étendarts.
De mille exploits brillans consacrez la mémoire,
Ce spectacle pompeux charmera les regards.
L'Univers aujourd'hui théatre de ma gloire
Reconnoîtra mon peuple en voyant la Victoire.
Allez & revenez.

VULCAIN.

Oui, vous serez content.
Je n'en suis pas à mon apprentissage,
Ce peuple là m'occupe assez souvent,

Avantage sur avantage
On ne finit jamais, il faut toujours graver.
Je vais au plutôt achever,
Et ce qui m'en plaît davantage
C'est qu'en dépit du Pinde & du docte Vallon,
Je vous répons que mon ouvrage
Durera plus que celui d'Apollon.

Il sort.

SCENE VIII.

MARS *seul.*

JE croyois rencontrer Venus dans ce bocage.

Les trois Graces paroissent dans l'éloignement.

MARS.

Mais que vois-je ? Mes yeux ne se trompent-il pas ?
Les Graces ! Quel dessein conduit ici leurs pas ?
Je me trompe, ou Venus les avoit envoyées.....
Les Graces, j'en ai peur, se seront fourvoyées.

SCENE IX.

MARS, EUPHROSINE, AGLAE', THALIE.

EUPHROSINE, *se laissant tomber sur un siege de gazon.*

AH ! mes sœurs, je succombe, arrêtons nous ici.

THALIE *tombant aussi.*

Je ne puis me tenir.

AGLAE' *tombant comme les autres.*

Et moi je tombe aussi.

MARS.

Quoi toutes trois, & d'une même chûte!

AGLAE'.

Euphrosine, c'est Mars.

EUPHROSINE.

C'est lui-même.

THALIE.

Oui, c'est lui.
Mes Sœurs, je crains bien aujourd'hui
Que nôtre aspect ne le rebute.

MARS.

Vous avez tort en verité
Parler ainsi c'est me faire un outrage:
Vous rassemblez, l'esprit, les charmes, la beauté,
Peut-on vous refuser ses vœux & son hommage?
Toutes les belles vont chez vous
Apprendre à soumettre nos ames,
Elles allument mille flâmes,
Par vos agrémens les plus doux:

Vous leur enſeignez l'art de plaire,
Et c'eſt de nous plaire ſans art,
Pour inſpirer un feu ſincere
Il ne faut qu'un mot, qu'un regard.
Vous n'employez pour toutes armes
Que la nature & que ſes charmes;
Sans vous l'eſprit n'eſt qu'emprunté,
Vous défendez qu'on en abuſe,
Souvent dans ſa vivacité
Il étourdit plus qu'il n'amuſe;
La beauté qui n'eſt que beauté
Ne voit point l'Amour ſur ſes traces,
Rarement on en eſt flatté,
Mais on aime toujours les Graces.

AGLAÉ.

Vous êtes plus galant qu'on ne l'eſt à Paris.

MARS.

Comment donc?

EUPHROSINE.

Nos attraits y perdent tout leur prix.

MARS.

Je vois Venus, portez lui vôtre plainte.

SCENE X.

SCENE X.

VENUS, MARS, EUPHROSINE, AGLAE', THALIE.

EUPHROSINE, *tremblante.*

PArlez, ma sœur.

AGLAE'.

Je n'ose, & vous?

THALIE.

J'ai trop de crainte.

VENUS *aux Graces.*

Quoi, déja de retour?

AGLAE', *d'un air embarassé.*

Déesse.... un accident....

VENUS.

Mars, je vous attendois, c'est être peu galant,
Je vous croyois un cœur plus empressé, plus tendre,
La guerre vous appelle, & vous quittez ma Cour,
Pour un adieu vous vous faites attendre,
Que dois-je penser du retour?

MARS.

Rendez plus de justice à ma délicatesse,

Venus, ce reproche me blesse ;
D'un adieu trop touchant j'ai couru le hazard,
J'aurois dû brusquer mon départ
Pour vous dérober ma foiblesse,
Et m'épargner le reproche secret
De voler à la gloire avec trop de regret.

VENUS.

Vôtre excuse est flatteuse, est-elle aussi sincere ?
Aux Graces.
Mais vous, contre mon ordre exprès
Qui vous mene à Paphos, & qu'y venez vous faire ?

MARS.

Comment ! c'est tout de bon, vous êtes en colere,
Elle vous sied, vos yeux ont encor plus de feu.

VENUS.

Vous plaisantez, mais ce n'est point un jeu ;
Les Graces & l'Amour, en un mot, tout Cithere
J'ai les enfans les plus malins,
Et je veux......

MARS.

C'est bien dit, corrigez ces lutins,
Lorsque vous le voulez, vous êtes très-sévére.

VENUS.

Laissons le badinage, & vous répondez-moi.

EUPHROSINE.

Je n'ai pas tort.

VENUS.

Hé bien!

LES TROIS GRACES.

C'est la vérité pure.

VENUS.

De grace tour à tour, & chacune pour soi.

à Mars qui rit.

Ah! si vous riez, je vous jure
Que je me fâcherai.

MARS *riant toujours.*

Moi rire; point du tout,
L'avanture est trop grave, écoutons jusqu'au bout.

VENUS.

Vous ferez bien. Et vous, Divinitez mutines,
Qui sous un air naïf cachez des ames fines,
Avez vous oublié mes ordres souverains?
Méprisez-vous déja l'hommage des humains?
J'avois choisi pour vous les plus belles retraites
Que pour vous recevoir le Ciel ait jamais faites,
Pourquoi donc fuir Paris? Pourquoi vous écarter
D'un climat que jamais vous ne dévez quitter;
Lieux où vous exercez un empire tranquile,

Où de chaque beauté l'on prévient les desirs,
Le théatre des jeux, le séjour des plaisirs,
Et de l'amour le plus aimable azile ?
Pourquoi baisser les yeux ? Je l'avois bien prévû,
Vous avez tort, vôtre air suffit pour me l'apprendre.

MARS.

Mais pour les condamner il faudroit les entendre.

VENUS.

Ah, ah ! que d'équité, je ne l'aurois pas crû.

EUPHROSINE.

Non, non, je suis très-pardonnable.

VENUS.

Taisez-vous.

MARS.

Mais Venus, vous êtes intraitable,
à Euphrosine.
Ecoutez-là.... Parlez, je suis pour vous.

EUPHROSINE *à Venus.*

Vous cesseriez bientôt d'être en couroux
Si, comme moi, vous aviez vû la Ville
Que vous nous choisissiez pour être nôtre azile.
Ce n'est par tout que cris & que douleur,
L'une pleure toujours, l'autre l'ennui l'accable ;
Leurs amans sont partis ; on est d'une langueur,

Et d'une tristeſſe effroyable.

MARS.

Pourquoi donc? le départ eſt aſſez agréable,
Du changement il eſt l'avant-coureur.

VENUS *d'un air piqué.*

Parlez pour vous.

MARS.

Mais vraiment j'en ai peur,
Je vous connois.

VENUS
à Euphroſine, après avoir regardé Mars d'un air de dépit.

Après.

EUPHROSINE.

Pour faire des conquêtes,
Et mériter des cadeaux & des fêtes,
Pour établir, en un mot, mes apas,
Je pris les traits d'une jeune perſonne,
Qui ſans ſçavoir pourquoi, craint, ſoupire, ſoupçonne.
J'attendois mon amant avec de grands helas!
J'étois rêveuſe, & je portois mes pas
Sur les rivages les plus ſombres:
Je m'adreſſois aux fleurs, à la fraîcheur des ombres,
Je rempliſſois les bois de mon amour tranſi,
Enfin, je m'ennuyois, & j'ennuyois auſſi.

MARS.

Tant pis, mais quoi l'amour ne ſuivoit point vos traces !

EUPHROSINE.

Je l'appellois, il fuyoit, le fripon.

VENUS.

Mais la mélancholie a des graces.

EUPHROSINE.

Oh ! non.
J'étois mélancholique, & n'avois point de graces.

MARS.

Je ne vous défens plus, vôtre mere a raiſon,
Et vous méritez ſa colere.

EUPHROSINE.

Comme on ſe trompe ! helas ! je me flattois de plaire.

VENUS.

Et vous, Thalie, au modeſte maintien.

THALIE.

Mon récit ſera véritable.
J'avois fait choix d'un amant adorable
Que j'aimois, & qui m'aimoit bien;
Fortune, rang, honneur, tout m'étoit incommode,

Je n'adorois, je ne voulois que lui.
Mais la candeur n'est plus de mode.
Et l'ingenuité ne plaît point aujourd'hui.

MARS.

Il falloit se mettre à portée
Des mœurs, des usages du tems;
La sincerité respectée
N'est plus que chez les bonnes gens.
Passe encor du tems de Cybele,
On étoit volontiers franc, ingenu, fidele,
Mais les vertus d'alors sont des vices pour nous.
Fidele, sincere, ingenuë,
En vérité pour donner dans la vûë
Quelles graces choisissiez-vous?

VENUS.

Mais, Aglaé.

AGLAE'.

Bon, voici qui me touche.
Vous faites prudemment de me mettre à la fin,
Car je suis pour la bonne bouche.
Je m'applaudis de mon destin:
Du premier mot sure de plaire
Je définis mon caractere;
J'ai l'esprit gay, vif & charmant,
Je sers l'amour sans craindre sa puissance,
Si le plaisir me fuit je chasse le tourment:

Mon cœur sans trouble & sans indifférence
Souhaite le retour, & supporte l'absence;
Enfin sans l'aimer trop, j'aime assez mon amant.

VENUS.

Voilà ce qui s'appelle un heureux enjouëment
Il est juste qu'on l'applaudisse.

MARS.

On vous devoit plus de justice
Je vous trouve charmante.

AGLAE'.

On m'a trouvée ainsi.
Mon enjouëment a plû, mes traits ont réussi.
Voilà mes sœurs. Je comptois sur leur rôle,
Tout alloit au gré de mon choix,
Elles m'ont manqué de parole,
Je ne pouvois pas seule en faire passer trois.

MARS.

Je le répete, c'est dommage.

VENUS.

Dans ces jardins on prépare des jeux.
Que vôtre aspect comble les vœux
Des habitans de ce rivage,
A vous faire leur cour ils sont trop engagez;

Allez,

Allez, à mes regards vous pouvez reparoître.
Vos attraits, il est vrai, sont un peu negligez;
Mais les graces toujours s'y font assez connoître.

Elles sortent.

SCENE XI.

VENUS, MARS.

VENUS.

JE pourrois contre vous me fâcher tout de bon.
Encore! C'en est trop, il n'est pas tems de rire.
Vous aimez à me contredire,
Et vous seul avez tort, car j'ai toujours raison.

MARS.

Sans doute, la raison ne quitte point les belles;
Elles nous la font perdre, & la gardent toujours.
Mais enfin changeons de discours.
Le moment des adieux n'est pas pour les querelles.

VENUS.

Je veux vous gronder moi.

MARS.

S'il le faut j'y consens.

VENUS.

Pourquoi me quittez vous?

MARS.

Quelle injustice extrême?
Vous sçavez combien je vous aime,
Mes feux sont aussi vifs que s'ils étoient naissans.
Je voudrois, pardonnez ce que je vais vous dire,
Je voudrois, & mon cœur seroit toujours heureux,
Que l'amour que je vous inspire
Fût aussi constant que mes feux.

VENUS.

Ah! j'entens, du départ je connois les approches.
De sa Maîtresse on vente les liens,
En la quittant on lui fait des reproches,
Et c'est pour prévenir les siens.

MARS.

Vous me connoissez mal, j'ai vû souvent la Terre
Livrée aux plus affreux combats,
Je ne quittois point vos appas;
Mais la France aujourd'hui fait gronder mon tonnerre;
Tout son peuple m'appelle, & je vole aux combats.
Ce sont mes favoris que je mene à la guerre.

VENUS.

Je sçais qu'il vous sont chers, & je ne m'en plains pas;

Mais il suffit de leur montrer la gloire :
Ils sçauront bien sans nous en trouver le chemin.
Et croyez moi, du soin de leur destin
Reposons nous sur la Victoire ;
Vous me quittez sous un prétexte vain,
De vos feux, en un mot, mon ame se défie.

MARS.

Ah ! j'en fais le serment & pour toute ma vie.

VENUS.

Lorsqu'un amant jure à nos piés
Qu'à nos jours ses destins sont à jamais liez,
Devine-t-on ce qu'il médite,
S'il nous sera fidele, ou s'il nous trahira ?
Nous sçavons bien quand il nous quitte ;
Nous ignorons s'il reviendra.

MARS.

A vos regrets je dois être sensible
J'en suis même flatté, mais parlons franchement,
Mon absence pour vous est-elle si terrible ?

VENUS.

Que veut dire cela ? Quel reproche insultant ?
Je ne le cache point, il m'étonne & me blesse :
Montrerois-je à vos yeux une fausse douleur ?
Qui pourroit me forcer à contraindre mon cœur ?
Et n'en suis-je pas la maîtresse ?

MARS.

D'accord, mais rappellons les faits;
Vous souvient-il d'un tems où de justes projets
M'exilerent loin de vos charmes?
Je ne sçais plus quel peuple prit les armes;
Il fallut nous quitter. Je partis. Vos regrets,
Me firent verser bien des larmes.
Cependant je vole aux combats,
Je traînois avec moi mon amoureux martyre,
Et je pressois l'instant de revoir vos apas,
Bientôt certain fils de Cinnire.....

VENUS.

De Cinnire?

MARS.

Adonis, pour parler clairement.

VENUS.

Ah oui, je m'en souviens. Helas, le pauvre enfant!
Il le faut avouer, vous prites bien le change.

MARS.

Que voulez vous dire?

VENUS.

Oui, vôtre erreur fut étrange.

MARS.

En effet, cette grotte où je portai mes pas,
Ce bois où ſurement vous ne m'attendiez pas,
L'Amour faiſant le guet, & qui ne ſçut que dire,
Vôtre embaras, vos regards interdits,
L'étonnement, la frayeur d'Adonis,
Et ſa fuite ſoudaine..... Allez, vous voulez rire,
Oublions le paſſé.

VENUS.

Ce que c'eſt qu'un jaloux;
Un rien ſuffit pour vous mettre en courroux;
Je chaſſois, il chaſſoit, le hazard nous raſſemble,
Je permets qu'il me ſuive, & nous chaſſons enſemble.
Il marche ſur mes pas toujours plein du reſpect,
Qu'aux mortels étonnez inſpire une Déeſſe:
Vous paroiſſez, il tremble à vôtre aſpect,
Moi qui connois vôtre délicateſſe
Je tremble auſſi, vous entrez en fureur,
Il fuit, vous ſoupçonnez ſa peur
D'être l'effet de ſa tendreſſe,
Vous l'en puniſſez par la mort;
Moi qui connois ſon innocence
Même à vos yeux je plains ſon mauvais ſort.
C'eſt vous dont le ſoupçon m'offenſe,
Et point du tout c'eſt moi qui me trouve avoir tort.

MARS, *d'un air ironique.*

Non, non, c'eſt moi, Déeſſe, & je vous fais excuſe.
Vous êtes innocente, & c'eſt moi qui m'abuſe.
N'y ſongeons plus.

VENUS.

Comment! vous devez me prier
D'excuſer vos travers & de les oublier.
Puiſqu'il s'agit de jalouſie,
De grace, entre nous deux ſoyez de bonne foi.
Quand vous êtes abſent, dites moi, je vous prie,
Quel eſt le plus fidele ou de vous ou de moi?

MARS.

En répondant pour vous je riſquerois peut être,
Mais pour parler plus ſurement,
Je vous dirai ſincerement
Que je le ſuis beaucoup, & que vous devez l'être.

VENUS.

J'aime vôtre réponſe, & je veux à mon tour
Par ma ſincerité vous faire auſſi ma cour.
Penſez vous que Venus ſoit aiſément trompée?
Croyez qu'en fait d'amour je ne ſuis point dupée.
Je connois un peu les Guerriers:
Lorſque vient la ſaiſon de cüeillir des lauriers,
Qu'il faut voler au bruit des armes;
C'eſt alors qu'on eſt amoureux,

Ce ne ſont que propos tendres & douloureux,
Qu'interrompent cent fois les ſoupirs & les larmes.
On accuſe les Dieux, la guerre, le deſtin,
On s'en prend à la gloire, on murmure contr'elle,
Elle eſt injuſte, inflexible, cruelle,
Que ne lui dit-on pas? Il faut partir enfin.
Au trouble que l'on ſent il n'eſt point de remede,
Un jour ſe paſſe, un autre lui ſuccede,
On ſoupire chemin faiſant;
On s'entretient de ſa maîtreſſe,
C'eſt toujours un amuſement:
On s'accoutume à la triſteſſe,
Et l'on s'accoutume ſi bien,
Que bientôt il n'en reſte rien.
Cependant chaque jour le voyage s'avance,
Vous arrivez. On voit les belles du Canton,
On leur paroît aimable, on leur donne le ton:
On prend ſur ſoi par complaiſance,
Et dans le fond ce n'eſt qu'un jeu,
Il ne faut point rebuter une belle,
On badine, bientôt l'eſprit s'oublie un peu,
Bien entendu que le cœur eſt fidele,
Et qu'on aime toujours avec des feux conſtans
L'objet qu'il a fallu quitter pour quelque-tems.
Vous arrive-t-il la nouvelle
D'un coup d'œil ſans deſſein, & qu'on nous a ſurpris,
(Car on trouve toujours de ces donneurs d'avis)
Tout auſſi-tôt grande querelle,
Lettre ſur lettre, injures, déſeſpoir,

Sermens de ne plus nous revoir,
Le traître s'applaudit de nous causer du trouble,
Il croit que chaque jour nôtre douleur redouble :
Il s'amuse là-bas, & veut qu'on pleure ici,
Soyez de bonne foi, vous êtes faits ainsi.

MARS.

Mais vous n'y songez pas, ce reproche m'outrage,
Je ne suis point coquet & vous le sçavez bien.

VENUS.

Une autre fois ne me reprochez rien,
Et vous surtout point d'amour de passage,
Car je sçaurai la vérité.

MARS.

Reposez-vous sur ma fidélité
J'en jure par le Styx.

VENUS.

Fy, c'est un Dieu funeste,
Il porteroit malheur, changez ce serment-là.

MARS.

Hé bien, c'est vous que j'en atteste
Vous, & l'Amour.

VENUS.

Passe encor pour cela.

MARS.

MARS.

Nous parlons de l'Amour, je l'apperçois lui-même.

SCENE XII.

VENUS, MARS, L'AMOUR, *dans le fond du Théatre le dos tourné du côté de Mars & de Venus.*

VENUS.

APprochez-vous mon fils, ma peine étoit extrême....
Il recule au lieu d'avancer !
Approchez-vous : Pourquoi couvrir vôtre visage ?
Laissez donc là ce badinage
Vos jeux d'enfant pourroient bien me lasser.

MARS.

Il retournera sur ses traces
Si vous prenez le ton grondeur.

L'AMOUR *pleurant & se dévoilant.*

Maman.....

VENUS.

Ah ! malheureux, c'est bien pis que les Graces,
Comme vous êtes fait ! Quels yeux, quelle couleur ?
Ah ! le maudit enfant. Je suis désesperée.

L'AMOUR.

Je mérite vôtre couroux.

MARS *à Venus.*

Il faut l'avoüer entre nous,
Je trouve la famille un peu défigurée.

VENUS *à l'Amour.*

Qui vous a mis dans cet état ?
D'où venez-vous ?

L'AMOUR.

D'où je viens ? de ma vie
Je n'y retournerai.

VENUS.

Le petit scelerat !
Si je consultois mon envie......

MARS.

Ne l'effarouchez point.

L'AMOUR *à Mars.*

Parlez toujours pour moi,
Vous prenez mon parti, mais je sçais bien pourquoi.

MARS.

Ah ! je ne croyois pas être de la querelle,

L'AMOUR *regardant Venus.*

Allez ne craignez rien, on vous sera fidele.

VENUS.

Osez-vous rire encor ? Soyez humilié
De l'état où ce jour vous offre à vôtre mere ;
Il n'est plus de tendresse, il n'est plus d'amitié.....
Mais je m'irrite en vain, je sens que ma colere
Dans mon cœur attendri fait place à la pitié.
Sans espoir de retour as-tu perdu ces charmes,
Qui rendoient plus certain le pouvoir de tes armes,
Ce front qui présentoit à mes yeux ébloüis
L'éclat d'un beau jour sans nuage,
Ce tein de roses & de lys,
Ce regard où les cœurs apprenoient leur langage,
Cette bouche vermeille...... Ah! je n'ai plus de fils.

L'AMOUR.

Vous me percez le cœur; comme on me traite en France!

VENUS.

En France! Ces climats qui me furent si chers!

L'AMOUR.

Je ne veux plus les voir ces humains trop pervers;
Ils méritent nôtre vengeance.

VENUS.

Les ingrats!

L'AMOUR.

Pour leur plaire ayant quitté les Cieux
Je me flattois de remplir leur attente :
Déja pour amuser leurs yeux
J'avois rendu ma Cour plus belle & plus galante.
On voyoit sur mes pas les égards, la douceur,
La politesse sans fadeur,
La vivacité sans caprice,
Le badinage sans malice,
Le respect & la liberté,
La défiance de soi-même,
Le soin de plaire à ce qu'on aime,
Le plaisir & la volupté.
J'avois conduit enfin contre mon ordinaire
La fidélité, le mystere,
Et tout ce que l'amour a de plus séducteur
Pour éblouïr, toucher, surprendre un jeune cœur.

MARS.

Vôtre derniere escorte étoit trop incommode :
Sûrement le mystere & la fidélité
En paroissant ont tout gâté,
On n'en a pas voulu.

L'AMOUR.

Ce n'étoit plus la mode.
Il est vrai que pour moi l'on m'a fort bien reçu ;
Mais j'aurois fui si j'avois sçû

Ce que me préparoit la fortune cruelle.
Je me fixois près d'une belle;
Je croyois que sensible aux soins d'un seul amant
Je la verrois gouter tranquillement,
Le durable plaisir d'une ardeur mutuelle.
Je m'abusois grossiérement,
Ce n'étoit point le bel usage;
Il falloit des rivaux, des jaloux, des ingrats,
Amans de tout rang, de tout âge,
Beaux ou malfaits, Guerriers & Magistrats;
Enfin dans peu de jours sans changer de ménage
Je voyois devant moi passer tous les états.

MARS.

C'est bien du monde.

L'AMOUR.

Helas! que de soins, de travaux
Renouvellez chaque jour, à toute heure!
Jamais un instant de repos,
Et jamais sûr de ma demeure,
Troublé par l'un, de l'autre méprisé,
Tantôt heureux, tantôt dans une peine extrême,
Perfide, mais trahi, jaloux, mais abusé,
Tant qu'à force malgré moi-même
D'être pris, renvoyé, repris, troqué, rendu,
Maltraité, marchandé, donné pour rien, vendu,
Faisant un tourbillon des plaisirs de la vie,
Le jour, la nuit, au bal, au serein, à la pluye,

Morne, battu, chagrin, défiguré, noirci,
J'ai quitté la partie, & je me trouve ici.

VENUS.

Voilà de belles avantures,
En vérité, mon fils, n'êtes vous pas honteux?

L'AMOUR.

Punissez-moi, dites-moi des injures;
Je me soumets à tout.

MARS.

Il n'est que malheureux;
Vous lui pardonnerez. Après cette infortune,
Accablé des revers qu'on vous fit essuyer,
Il falloit du moins employer
Une vengeance peu commune.

L'AMOUR.

Plein d'un juste ressentiment
Lorsque j'ai pris le parti de la fuite,
Je leur ai laissé seulement
Ce qui reste aux mortels lorsque l'amour les quitte.
L'inconstance, la trahison,
Les éclats indiscrets, l'injuste médisance,
Le dépit, la fureur, les projets de vengeance,
Les froids conseils de la raison,
Les regrets, les remords, les cris, les plaintes vaines,

Les ſoins perdus, les larmes, les ſoupirs,
Et pour combler toutes leurs peines
Le ſouvenir de leurs plaiſirs.
Cependant par cette rupture
Je me punis moi ſeul, faiſant ce que je doi;
Car après tout, je vous aſſure
Qu'ils feront bien l'amour ſans moi.

VENUS.

Allez, ne quittez point cette aimable retraite,
Sur mes pas déſormais vous marcherez toujours.
Les Graces ſont à leur toilette
Elles vous prêteront leurs ſoins & leurs ſecours.
Débarboüillez, s'il eſt poſſible,
Ces traits défigurez, ce viſage obſcurci;
Ce n'eſt qu'à ce ſeul prix, qu'à vos larmes ſenſible,
Je vous permets de me réjoindre ici.

L'Amour ſort.

SCENE XIII.

VENUS, MARS.

VENUS.

Que ma destinée est affreuse !
Mon Amant va partir, mon fils n'a plus d'attraits.

MARS.

Ne vous rendez pas malheureuse
En vous livrant à vos regrets.
Recevez pour garans de l'excès de ma flâme.....
Mais quoi ? Des importuns même jusqu'à Paphos ?

SCENE XIV.

MARS, VENUS, APOLLON, *un grand papier à la main.* VULCAIN, *suivi de deux Cyclopes qui portent les Armes de Mars.*

APOLLON *à Vulcain.*

N'Avançons pas, c'est Mars qui parle à vôtre femme.

VULCAIN.

Qu'est-ce à dire ? Je veux.....

MARS *à Vulcain.*

Vous venez à propos ;
On presse mon départ, & j'attendois mes Armes.

VULCAIN.

Je n'ai rien oublié pour répondre à vos vœux.

MARS.

J'en suis assez content.

APOLLON *déclamant.*

Que la gloire a de charmes !
En vain le tendre amour vous presente ses nœuds....

MARS.

Nous n'avons pas le tems d'écouter vôtre ouvrage,
Donnez toujours à ce Guerrier.
Un Guerrier prend le manuscrit d'Apollon.
Tout est-il prêt ? Holà, mon bouclier,
Mon casque, mon épée, un javelot.

VULCAIN *tout bas.*

J'enrage.

MARS.

Adieu belle Venus, souvenez-vous de moi.

VENUS.

Voyez du moins la fête qu'on prépare.

à part.

Je veux en vain cacher le trouble où je me voi.
Départ cruel ! Destin barbare !
Rien ne rendra la paix à mes sens agitez.
Qu'on reproche aux Divinitez
D'être Coquettes, peu fidéles,
De rire des transports d'un cœur désesperé :
Je pleure mon Amant. Que de simples mortelles
On vû partir le leur & n'ont pas soupiré !

DIVERTISSEMENT.

VENUS, MARS, APOLLON, VULCAIN, EUPHROSINE, AGLAÉ, THALIE. *Guerriers, Cyclopes, Habitans & Habitantes de Paphos.*

UN GUERRIER.

VOUS qui gémissez nuit & jour
Loin de l'objet de vôtre amour,
Sans verser trop de pleurs conservez sa mémoire.
Jeunes beautez souffrez que la Victoire
Aux attraits du plaisir arrache vôtre Amant :
L'absence, les travaux, les dangers & la gloire
Rendront son retour plus charmant.

VAUDEVILLE.

MARS.

Belles, donnez la préference
Au Dieu que suivent les Guerriers,
C'est pour lui seul qu'en abondance
Croissent les myrthes, les lauriers ;
Parcourez le Ciel & la Terre,
Quel Dieu peut en offrir autant ?
Mars en amour comme en guerre
Va toujours tambour battant.

VENUS.

Lors qu'un amant par la Victoire
Loin de nos yeux est arrêté,
Nous faisons des vœux pour sa gloire,
Surtout pour sa fidélité ;
Nous craignons le succès des armes,
Nous l'attendons en soupirant :
Mais quels momens pleins de charmes
S'il revient tambour battant !

EUPHROSINE.

Vous pour qui nous sommes cruelles
Amans tristes & doucereux,
Prétendez vous toucher les belles
Par vos petits vers langoureux ?
Laissez-là vos peines secrettes
Parlez plus énergiquement ;
Je dors au son des musettes,
Vive le tambour battant.

THALIE.

La resistance est inutile
Contre un jeune amant qui nous plaît,
Son cœur complaisant & docile
Jure surtout d'être discret ;
Sa flâme est-elle satisfaite
Le Public est son confident,

Il embouche la Trompette,
Et s'en va tambour battant.

AGLAÉ.

Ma morale n'eſt point ſévére,
Je ſçai qu'il nous faut des amans,
Vivre ſans aimer & ſans plaire
Ce ſeroit mal paſſer ſon tems;
Mais ne ſouffrons pas qu'ils nous gênent,
Suivons nos goûts, nôtre penchant:
De crainte qu'ils ne nous menent
Menons les tambour battant.

VULCAIN.

Qu'une femme par fois oublie
D'être fidele à ſon mari,
Ce n'eſt pas ce qui m'humilie
Quoique j'en ſois aſſez marri;
Mais Jupiter! Comme on nous traite
Epoux de ce ſiecle préſent!
Jadis c'étoit en cachette,
Aujourd'hui tambour battant.

L'AMOUR.

En ſecret l'injuſte critique
Ne cherche qu'à nous outrager;
Clairement la raiſon s'explique,

Son but est de nous corriger.
Le public exempt de caprice
A choisi le ton éclatant ;
Qu'il sifle ou qu'il applaudisse,
C'est toujours tambour battant.

FIN.

APPROBATION.

J'Ay lû par ordre de Monseigneur le Garde des Sceaux, la Comedie intitulée : *les Adieux de Mars*, Piece en un Acte, avec un *Divertissement*. A Paris ce 5 Juillet 1735. *Signé*, LASERRE.

PRIVILEGE DU ROY.

LOUIS par la grace de Dieu, Roy de France & de Navarre : A nos amés & feaux Conseillers, les Gens tenans nos Cours de Parlement, Maîtres des Requêtes ordinaires de notre Hôtel, Grand-Conseil, Prévôt de Paris, Baillifs, Sénéchaux, leurs Lieutenans Civils & autres nos Justiciers qu'il appartiendra, Salut. Notre bien-amé *** Nous ayant fait suplier de lui accorder nos Lettres de permission pour l'impression d'une Comedie qui a pour titre : *Les Adieux de Mars, en un Acte, avec un Divertissement; Par* M.L. *** offrant pour cet effet de le faire imprimer en bon papier & baux caracteres, suivant la feuille imprimée & attachée pour modéle sous le contrescel des Presentes ; A ces causes, voulant traiter favorablement ledit sieur Exposant, Nous lui avons permis & permettons par ces Présentes de faire imprimer ledit ouvrage ci-dessus specifié, conjointement ou séparément & autant de fois que bon lui semblera, sur papier & caracteres conformes à ladite feuille imprimée, & attachée sous notredit contrescel, & de le faire vendre & débiter par tout notre Royaume, pendant le tems de trois années consécutives, à compter du jour de la date desdites Présentes : Faisons défenses à tous Libraires, Imprimeurs & autres personnes de quelque qualité & condition qu'elles soient, d'en introduire d'impression étrangere dans aucun lieu de notre obéissance ; à la charge que ces Présentes seront entegistrées tout au long sur le Registre de la Communauté des Libraires & Imprimeurs de Paris, dans trois mois de la date d'icelles ; que l'impression de cet Ouvrage sera faite dans notre Royaume & non ailleurs, & que l'Impétrant se conformera aux Reglemens de la Librairie, & notamment à celui du 10 Avril 1725, & qu'avant que de l'exposer en vente, le manuscrit ou imprimé qui aura servi de copie à l'impression dudit Ouvrage, sera remis dans le même état où l'Approbation y aura été donnée, ès mains de notre très-cher & feal Chevalier Garde des Sceaux de France le Sieur Chauvelin, & qu'il en sera ensuite remis deux exemplaires dans notre Bibliotheque publique, un dans celle de notre Château du Louvre, & un dans celle de notre très-cher & feal Chevalier Garde des Sceaux de France le Sieur Chauvelin; le tout à peine de nullité des Présentes: du contenu desquelles vous mandons & enjoignons de faire jouir ledit sieur Exposant ou ses ayans cause, pleinement & paisiblement sans souffrir qu'il leur soit fait aucun trouble ou empêchement. Voulons qu'à la copie desdites Présentes qui sera imprimée tout au long au commencement ou à la fin dudit Livre, foi soit ajoutée comme à l'original. Commandons au premier notre Huissier ou Sergent de faire pour l'execution d'icelles tous actes requis & nécessaires, sans demander autre permission, & nonobstant Clameur de Haro, & Charte Normande, & Lettres à ce contraires: Car tel est notre plaisir. Donné à Versailles le 16 Juillet, l'an de grace 1735. & de notre Regne le vingtiéme Par le Roy en son Conseil.

SAINSON.